시간을 사는 사람

시간을 사는 사람

초판 1쇄 발행 | 2023년 7월 18일

지은이 | 송태규
펴낸이 | 황규관

펴낸곳 | (주)삶창
출판등록 | 2010년 11월 30일 제2010-000168호
주소 | 04149 서울시 마포구 대흥로 84-6, 302호
전화 | 02-848-3097
팩스 | 02-848-3094

ISBN 978-89-6655-162-0 03810

* 본 시집은 (재)전라북도문화관광재단 2023년 지역문화예술육성지원
  사업에 선정되어 보조금 일부를 지원받은 도서입니다.

시간을 사는 사람

송
태
규

시
집

삶창

시인의 말

시 섬에 갇혀 지독히 앓았다.
앓고 나니 모든 것이 새롭다.
새로워서 낯설다.

어느새 회갑을 넘겼다.
육십 넘어 세상을 바꾸기야 하겠냐만
남은 날들 시에 묻혀 살 수 있다면
물정 어둑하다는 흉잡힐 말일까.

나는 이제 내 시간을 팔아
당신의 시간을 사려 한다.

2023년 여름 초입

용화산 기슭에서

차례

1

부

_____

보따리

시골장 새벽으로 가는 버스
손님은 달랑 할머니와
주름진 손이 주름을 한 곳으로 모았을 보따리 두 개
그 안에 할머니의 텃밭이 자라고 있다

거들떠보는 이 없는
시장 모퉁이 잡고
진눈깨비 손가락 휘감을 때
좌판 국수 한가닥으로 허기를 메운다

와글대던 시장이 어스름에 잠기면
울퉁불퉁 고르지 않은 몸뚱이를 이고
갈라진 손금이 수만 번 묶었다 풀었을 보따리가 걸
어간다

예순 되면 보따리 꾸릴 준비하라는 말
귓전에 울려
나도

저무는 땅거미 주섬주섬 담는다

말[言]

죽은 자는 말이 없다는 말은 말도 아니다
살아 있다고 말 같지 않은 말을 들어야 하는
말도 안 되는 세상에 무슨 귀가 필요하냔 말이다

죽은 자가 말이 없다는 말은 하지도 말자
산 자가 죽은 자보다 더
말 못 하는 세상에 무슨 혀가 필요하냔 말이다

새벽잠 멀어지면
슬며시 혀가 얼마나 자랐는지
잇몸으로 훑어본다

옳은 말조차 흉내 내지 못하고
제 무게도 이길 수 없는 혀는
이참에 허물어졌으면 좋겠다

새벽녘 눈 떠지면
슬며시 귀가 얼마나 커졌는지

베개에 문대본다

먼저 간 이의 뜻도 담지 못하고
제 동굴에 갇혀 말라버린 귀는
이참에 날려버렸으면 좋겠다

하루가 저물면
생각을 풀어낸 혀가
혀끝으로 밀어낸 말이

내 귀를 막는다

실눈 뜨는 길에서

슬레이트 지붕에 무서리 앉은 날
폐지 담은 수레가 노인을 끌고 간다

초겨울 밭은기침 머리에 이고
제 몸 헌 신발이
북북 두 줄 그으며 수레에 매달려 간다

전봇대마다 제 배 불린
수레가 등 굽은 노인을 내려다보면
지면과 수평이던 허리도 넘실,
허공을 기웃댄다

시간이 걷어낸 어둠
부스러기들이 묽어지기 시작하면
등을 타고 들어간 햇볕이
홀쭉한 볼에서 새어 나온다

저울추를 눈썹에 붙이자

불쑥,

노인의 키가 자랐다

아버지의 등

겹겹의 세월이 스쳐 간 몸을
얕은 곳에 부리시고
다가올 생을 엿들으시려는가

가난한 아버지의 등이 바닥에 붙어만 있다

제대로 한번 걷지도 못한 채
신발을 버리고 백지장이 된 맨발
눈이 부셔 자꾸만 눈이 부셔
눈자위 벼랑이 헐어진다

어느 날인가부터
때론 휘청, 흔들리며
저물어가는 몸으로 봄날이 지나간다

안간힘으로 계절을 건너온 몸
다저녁 바람에 풀꽃으로 피어
이제 다음 생을 귀 열고 들으시려는가

신발은 댓돌에서 졸고,

아버지의 등은 그저 누워만 계시는 것이다

절벽

날갯짓하는 새끼 독수리에겐 기회의 장소라지
세상으로 날아가면
그걸
삶이라고 하지

지는 것에 대하여

저 지는 꽃 그림자에 제가 걸쳤던 때깔이라도 입혀
줬으면

비 오는 날에는 대숲을

비 오는 날에는
비를 끼고 대숲을 걸어보라

댓잎이 비를 받아주고
댓잎을 깨운 비가
댓잎 씻어주는 그런 곳 말이다

대와 비가 수직으로 결을 이루고
땅에서 솟아 하늘을 쓰는 대와
허공 그어 그 뿌리를 잡아주는 비가
모여 사는 그런 곳 말이다

대나무 숲에 대만 사는 건 아니다
땅을 끌어 올린 거친 대의 뿌리에
어머니의 열 손가락이 산다
앙상하게 마디 굵은

빗물이 마디에 눈물로 스며

어머니 빈 가슴을 채우는,

비 오는 날에는 대숲을 걸어보라

목이 진

　희뿌연 먼지도 북새통인 동네 목욕탕. 그 귀퉁이에서 아비보다 커버린 사내가 태아처럼 웅크리고 양말을 신고 있다. 지적 장애 아들 지켜보던 아비가 입속말한다. 시한에는 목이 질어야 허는디. 시한에는 목이 진 양말을 신어야 허는디. 잠긴 목소리에서 그을음이 잔뜩 묻어 나왔다. 아비의 말 듣는지 마는지 어둔한 몸부림이 목 짧은 양말에 발가락을 끼우는데 연신 제자리만 헤매고 그 손짓을 본 아비 눈길이 허공에 걸려 자꾸만 넘어졌다. 목이 진 양말을 신으며 못 본 척 안 들은 척 하고 있자니 뒷덜미가 뜨거웠다. 겨우겨우 발가락을 꿰다가 걸치지도 못한 겉옷을 들고 후다닥 탈의실을 빠져나왔는데 목을 질게 뺀 늙은 겨울이 밭은기침 하고 있었다. 매운바람에 뿌옇게 안경알이 흐린 날이었다.

담쟁이의 가르침

한

땀

또

한

땀,

수
직
이 수평을 이끌어

더불어 살아가라는

아비의 하늘

허공으로 솟구치는
용대리* 벌판은 온몸으로 바다를 부른다
수은주가 칼바람에 꽂힐수록
아비는 찬 바다 냄새만으로도 배가 부르다

눈보라에 어깨 오그라붙는 날
퀭한 눈 붙들고
아비는 온몸으로
거친 바다를 엮는다

한겨울을 수없이 얼부풀린 황태가
식탁이 되고
살림을 세우고
등록금을 따내는 곳

수만 장 파도를 뛰어넘다가
더는 눈발 헤엄쳐 갈 일 없어
주둥이 매달고 비상 꿈꾸는 덕장, 거기

눈이 퀭한 아비의 하늘도 매달려 산다

• 강원도 인제군 북면에 위치함.

씨앗

비 오는 날
속도를 내면
차 유리에 온몸을 던진
셀 수 없는 씨앗이 내 안으로 들어온다

둥글게 만 머리를
꼬리로 꼬리의 힘으로 밀어 올리는 개구리의 아기들

하
늘
로
하
늘
로 솟는다

기를 쓰며 유리창에 길 내는 모습을
안에서 바라보다
벌거벗은 생의 처음을 떠올린다

아버지가 나를

내가 자식을 만들기 위해 필사적이었을

꿈틀대는 것들

모두 차의 속도보다 빠르게

돌진하지만

끝끝내 주소를 찾지 못하는 저 씨앗들

불알

서른 개 촛불이 함께 모이면
비로소 30촉
전구
불이 낳은 알

북녘에선 불알이라 한다지

50촉 진즉 지나
60개가 넘었는데
30촉 밝히던 불알보다
빛나지도 못하고
숨어서 희미해지는 내 불의 알

이제
어둠 속에 누워 있는
작은 두 쪽으로
생을 버틸 심지라도
되어야지 않겠는가

불알,

안간힘으로 일어서는 나의 뿌리

붉음, 그 지지 않는

툭, 붉은 한 생이 진다

무명 적삼에
불꽃으로 피어나
붉디붉은 뼛속까지
삭풍이 친다

남쪽 끝
한 땅덩어리에서
열꽃으로 피어나
활짝 피우지도 못해 뼈저린
한 생이 진다

4·3은 폭동이라고
반한국, 반미, 반유엔, 친공 투쟁이라고
진실화해위원장의
진실도 아닌 화해, 마음에도 없는
광기 어린 혀끝에서

다시 돋아나

새까맣게 가슴으로 울다
화인으로 피어난

그 붉음,

아직 지지 않았다
찬란하게 타는 심장, 아직 숨 식지 않았다

2
부

욕심의 무게

고기 한 근이 600그램
오늘 새벽 흘린 땀은 580그램

헬스장에서 15km를 뛰고
젖은 옷 저울에 달아보니 근 고기 한 근
몸 한 덩이에서
비로소 욕심 한 근 덜어낸 셈이다

눈뜨면 매 순간 자라는
심지어 꿈에서도 좇는
씨앗 같은 욕심

그 무게는 몇 근이고
얼마나 더 덜어내야
저울추 가벼워질까

단호하지 못하여
나를 배반하고

씨앗을 싹틔우는

나는 누구여야 하는가

소실점 너머

저물어가는 들판으로
기차가 한 점을 향한다
마음 앞서
노을도 따라 달린다

자석처럼 길이 들러붙고
허공에 금 긋던 까치도
출렁이는 먼 산도 슬멋 다가온다

두 뼘 한 뼘 다가와
합쳐진 듯하지만
끝내 마주 보아야 하는 점

마음을 얻는다는 건
여린 싹 하나 품에 키우는 일

생채기 보듬고 눈물 찍어본 사람은 안다
때로는 먼발치로 보아야 더 좋은 게 있다는 걸

마음 흘려 부대껴본 사람은 안다
타는 노을에도 남몰래 가슴이 젖는다는 걸

노을이 등 돌리기 전
잡힐 듯하지만
서로에게 끝내 닿지 못할 점

차창 너머로 저물어가는
애초 없었을지도 모를

인연이라는

촛불

모처럼 눈발이 날리는 날
라면을 끓이다
허기를 채우기도 전
냄새를 먼저 끓였다

초에 불을 붙였다
불쑥 자라다 움푹 가라앉으며
제 몸 살라
날렵하게 냄새를 베어 넘긴다

꼿꼿하다 휘청
온몸으로 웃풍 받아내며
바람에 맞서지 않고 허공을 비워준다

눈 날리는 소리 쌓이고
라면 가닥 몸 불려갈 즈음
까만 중심이 꽃불 두르고 깊어진다

심지가 벽을 데우는 건
뿌리 녹여 절정을 사르는 일

그것은
어둑한 한 몸도 사르지 못하는 내가
아무렇게나 우쭐했던 세상을
발치에 내려놓고
낮은 데서 피워 올려야 할 꽃일지도

바람의 변주곡

I

돌아보면 바람은 세상을 바꾸는 것이었다
제 몸 갈라 소리를 얻고
저를 몰아 노래도 만들었으니

혀를 말아 낸 바람이
하, 예뻐서 창가에 닿으면
누군가의 마음을 열기도 했으니

II

바람은 건들건들 다가와
마음 앓는 이에게 말없이
새봄을 건네기도 하지

고개 너머 매화나무 몸 풀었다고 귀띔해주고
살 부비며 사라지는 바람,

그 뒷모습은 어찌나 고마운지

Ⅲ

기댈 곳 없는 이의 바람을 담아
비스듬히 솟은 비탈집 나설 때
바람은 혼자가 아니어서 힘을 얻는다

맞서지 않고 서로 기대어주는
다만 비스듬한 것들 앞에서만 무너지는 바람,
이보다 더 큰 것은 없을 테니까

꽃 본 죄[*]

산책길 봉오리 맺힌 목련
그 꽃 질까 마음 조인 날 있었다

등굣길 스치는 소녀
그 소녀 못 보면
얕은 잠에서도 서러운 날 있었다

* 복효근 시 「꽃 본 죄」 인용.

아무도 모르게

남보다 잘한다고
내세울 것 있겠냐만
누구보다 자신 있게
내 가장 잘하는 것 하나는

멀리서라도 너만 바라보는 것

돌아서 웃을지 모르지만
혀끝으로 한마디 밀어내며
나만 한 사람 없다고
자신 있게 말할
내 가장 큰 재주는

너만 생각하면 온통 환해지는 것

영업 비밀

훈련소 식사 시간은 채 3분이 넘지 않았다
숟가락에 고봉으로 얹었는데
잘 익은 쌀벌레도 올라왔다
허기를 달고 다니던 시절
피 같은 밥 한 톨 안 버리고 도려낼 재주 없어
목에 걸린 가시 넘기듯 눈 딱 감고 삼켰다

아침 식탁이 아욱국을 받았다
풍덩 밥을 말았는데
살 오른 배추벌레 몸 불리고 있었다
먹고살 만해서
듬뿍 한 수저 아내 몰래 덜어냈다

빈 밥그릇에 넣어 슬며시 밀어놓고 나서
아무렇지도 않게
내가 다소곳이 나를 대접했다

세월이 내게 걸어 들어와

귓속에 쓰름매미 두엇 가두고

눈앞에 날파리 한두 마리 키워보니 알겠더라

까치집

비 한 방울 가리지 못하는
녹슨 처마 아래
달랑 햇볕 한 장 덮고

바람이 문 두드리면
흔들림으로 대꾸하는
간당간당한 절벽에서

허공에 뿌리박은 채
목줄 젖힌 새끼가 어미를 받아먹고
솟구치던 그곳,

엉켜 한 식솔을 거두고
우듬지 집 한 채
별로 돋는다

그런 날엔
우리 초가집도 배가 부른지

지붕이 더 둥글어졌다[*]

* 김영식 수필 「미역귀」 한 구절을 변용함.

봄의 시간

때 이른 봄비에 철쭉꽃 떨구었다
봄볕을 담았거나 빗소리를 껴안고
한철 세상 벌건 꽃등 밝혔으니
제 할 일 다한 거라며
수줍게 꽃잎 허물어진다

구름 잠시 머물고
바람 잠깐 앉았을 뿐
그래도 한세상 다녀간 것에 감사하며

여리디여렸을 것이
저를 흔들어 가지를 깨우고
한 모퉁이에서나마 부풀었을 꿈

허공에 피우다
다만 바닥으로 몸을 부린다

세상 한 번 밝혀본 일이 없어

진 빚 꽃을 빌려 갚는 내가
오후 햇살처럼 일어나
허물어진 나를 다시 짓는 이른 봄날

동태탕을 먹다가

칼바람 부는 동해안을 따라 올라가던 길
허기가 이끄는 대로 포구 식당에 들어가
만만한 동태탕을 시켰다

갈라진 바람 자락 기워서
시린 삶을 일구었을

살얼음 갑옷처럼 두르고
부릅뜬 눈이
비겁한 세상 비웃었을

꿈,

투가리에 담겨 나왔다

반쯤 벌린 아가미로
비릿한 기억을 삼키며
꼿꼿했던 허리 몇 토막

뜨겁게 끓어 넘친다

가시 안에 가난을 감춘
짭짤한 맛은 어미가 간한 눈물

만만치 않은 세상을 들이받던
바다를 발라 먹고도 나는 여태
눈 한번 제대로 흘기지 못했다

꽃이 꽃에게

꽃을 피운다는 건
몸통에서 탯줄을 뽑아내는 것
꽃잎이 솟는다는 건
몸에 맺힌 슬픔을 떼어내는 비밀인 게다

꽃은 제 몸 비틀어 살을 만들고
그렇게 나온 꽃이
아침을 데리고 온다

발그스레 생명의 빛깔에서
바람이 꽃을 씻는 소리
눈으로만 들을 수 있다

꽃 피고 지듯
꽃잎과 꽃잎 사이로
날이 저물고
해가 뜨기도 한다

꽃은 다만 꽃이어서
제 몸을 꽃으로 피우고

나는 꽃을 피운 적은 없지만
꽃 들여다보고 있으면
그 모습 기특하게 여겨
내 생각에 향기라도 배지 않을까

으쓱
마음을 떠올려보기도 한다

낮술을 하다

밥때 지난 바닷가 거닐다
바다에 절여진 할매를
외면할 수 없어 조개구이 집에 들어갔다

모두 빈 자리
의자 한 개 지키고 있는 내 앞에
푸지게 담은 조개 소쿠리가 있다

그 안에 조개들은
자는 척 한결같이 질끈 눈을 감고 있다
얕은 잠인들 올 리 없을 터

쭈뻣쭈뻣 숯불에 누워
슬그머니 실눈으로 곁눈질하다
노곤한 듯 하품도 하고
장난치듯 옆엣 놈을 툭 밀치기도 하다
참다 참다 웃음처럼
번쩍, 귀밑까지 윗입술이 터진다

분명 웃음은 아닐 터
개펄 속에 감추어 둔 아득한 그 아득한 시절
뽀얀 눈물 속
파도를 물고 있던 혀가 꿈틀대면
바다를 뿌리째 품고 있을
옹골찬 비밀이 열리는 것이다

가을볕 쨍쨍한 어느 오후
난 그저 불판 위에 누운 조개들을 조문한답시고
소주잔 넘치게 부어 달아오른 목울대 식힌다

3
부

퇴직

멀쩡한 전화기가
설마,
슬그머니 버튼을 누르다
발신음을 확인하고 후다닥 덮는 날

종일 전화기가 울지 않는다는 건
내가 중심이 아니었다는 것

그것을 아는 데
두어 달이면 족했다

종일 우체부도 찾지 않는다는 건
내가 가장자리에 있다는 것

그것을 아는 데
두어 달이나 걸렸다

무심한 척

식은 밥 욱여넣으며
세상을 기다리다

울컥,

끝내 아무도 다녀가지 않은

시간을 사는 사람

어제와 같은 일을 오늘도 했다
적잖이 남은 생을 망가뜨리지 않고 다니는 건
아무나 할 수 없는 중차대한 일이다

오늘 한 일이 어제 일이다
전화 한 통 없는 날
리모컨 빼앗기지 않고 TV 프로그램을 외운다는 건
어지간한 배짱으론 못 하는 일이다

변함없이 어제 일이 오늘 일이다
거실까지 점령한 해가 발목을 물 때까지
구들장 지는 것도
간이 붓지 않고는 못 할 일이다

걸려 오는 전화 한 통 없고
저녁 뉴스엔 밥맛없이 얼굴만 큰 대통령에
화면이 미어진다
죄 없는 화면에 감자를 먹이고

괜히 골이 나 혼자 몇 마디 후려쳤다

애꿎은 전화기만 만지작거리다 친구를 불러냈다
오늘도 아까운 시간을 사서
안주 대신 그 인간을 씹었다
자정을 넘긴 기억은 몰수당하고
벽시계 타고 온 창문이 뿌옇게 흐려지고 있었다

살아야겠다고

동창회 가는 날이다
시간이 남아 화면을 켰다
한 무리 누 떼가 흙먼지 날리고
주렁주렁 사자(獅子)들이 꽁무니를 쫓는다

갑자기
한 마리가 무리를 이탈하여 사자들을 달고 간다
무리를 살려야 한다고
죽어라고 뒷발이 앞발을 앞서서 달리는데

살아야겠다고 사자가
조금씩 그것도 아주 조금씩
간격을 좁힌다

그때, 누는 맡았으리라
사자(使者)의 허기진 송곳니를

저만치 찢기는 한 마리,

목숨을 빚진 제물에게
조문이라도 하듯
누들은 물끄러미 바라만 본다

저 안에서
언젠가 무리를 이탈하여
사자들을 달고 갈
누군가가 나설 것이다

무리를 이탈할 일이 없었거나
무리를 이탈한 적도 없는 나는
더 살아야겠다고
서둘러 화면 닫고 현관문을 나선다

하노이

출근길 오토바이 행렬
엄마 등 뒤에 분홍 책가방을 매단
아이가 업혀 간다

도로를 가득 메운 오토바이 자전거 승용차가
신호등 없이도 강물처럼 흐르는 나라

붉은 심장 그 중심에 노란 별 하나를

귀퉁이 50개 별이 어쩌지 못한
세계에서 가장 힘이 센 나라

가냘픈 어깨를 지고 가는 그 책가방 안에서
우쭐했던 전쟁광을 발가벗긴 분홍 꿈
아침 햇살에 죽순처럼 자라고 있었다

너스레

친구들과 곗돈 부어 울릉도행 배 타러 가는 길. 배짱 두둑한 재욱이는 배 타는 데는 자신 있다고 했다. 마른 장작 화력이 좋다고 큰소리치던 정구가 몰래 멀미약을 먹었다는 건 혼자만 빼고 다 아는 비밀이다. 해군복을 입었던 현진이는 뱃사람 저리 가라며 큰소리쳤다. 난 무엇 하나 말 보탤 게 없었다. 새벽 세 시 금강산관광 버스 한 대 북 대신 동으로 동으로 달렸다. 어둠을 재우고 난 버스가 후포항에 우리를 부렸다. 쾌속선이 짱짱한 바다의 껍질을 벗겼다. 수평선에 반듯한 획을 그을 때만 해도 왕년 이야기가 오가며 좋았다. 지지고 볶는데 바다가 불쑥 솟구치고 움푹 꺼졌다가 채워졌다. 자빠질 듯 흔들리면 탄성이 온통 비명 쪽으로 기울었다. 물렁한 길이라고 만만하게 본 것이다. 그깟 요동에 시시해지는 친구들을 고소해하면서 지난밤에는 별로 지은 죄도 없어서 나는 짐짓 태연한 척할 수 있었다. 내심 나도 배 타는 일 좀 잘하게 해달라고, 배 위에서 멀미도 좀 하고 싶다고 속으로만 빌었다.

태초

하이퐁 캇비 공항
출국 수속을 마치고 기다릴 때였다
앳된 딸을 떠나보내며
언제 다시 환할 줄 모르는 가족사진이 그렁그렁하다

눈자위 흐려진
아기보다 조금 늙은 엄마 품에 갓난아기가 보챈다
서너 번 어르던 엄마는 전기라도 통한 듯
거리낌 없이 셔츠를 들어 올린다

탯줄이 이어지고
어미를 넘기는 아기의 목구멍이 쿨렁쿨렁
우주를 삼킨다

스르르 아기가 탯줄을 떼자 내려 보던 얼굴에
태초가 열린다

그 태초 속에

5남매가 매달렸을 내 어머니가 계셨다

그날 내내 나는 배가 불렀다

시인의 자격

삼십 년 넘게 출근했던 친구들
1막을 벗어놓고 한번씩 모인다
한참 일하던 시각에 거나해서 또 술병 모가지를 비
튼다

지난밤 과음 탓에 잔만 들었다 놓았다 하는데
앞에 친구가 버럭 역정 낸다
같이 마셔주지 않는 내가 야속하다고
친구 마음도 모르는 주제에 무슨 시를 쓰겠냐고
어디 하나 틀린 말 아니어서 대꾸도 못 했다

제 몸만 생각하는 놈에게 좋은 시가 나올 리 없지
낮술에 발목 잡힌 그의 입이
휘청거리며 연신 쪼아댄다
딱 맞는 말이어서 간신히 소리를 목으로 삼켰다
함께 젖고 싶은 친구 속도 헤아리지 못하면서
쓰는 시가 시 될 수 없겠지

술병이 거꾸러질 때마다
그의 혀가 내 몫까지 휘어지고
아픈 메아리로 돌아왔다

다리 놓아버린 그를 부축하며 생각한다
혀 꼬이고 다리 풀려야 좋은 시가 나온다면
그렇게만 된다면
맨날 낮술에 절어 살 수 있겠다고
차라리
낮술에 시간을 팔겠다고

일침

흐릿한 방에서 책장을 넘기는데
헛것이었을까
손등이 따끔한 게 헛것은 아니다

소리도 당당하게
이번엔 귓바퀴와 손바닥 사이다
놓칠세라 귀때기를 갈겼다

사는 일은 저처럼 사생결단이라고
정신줄 놓고 사는
나 같은 것쯤은 아무것도 아니라고
비웃기라도 하듯
일침을 놓았는데
모깃소리도 잡지 못했다

손등을 침으로 삭혀가며
예순 줄 넘은 내가 나를 보는데
감히 모기가 나를 가르치는 것 같아

모기한테 배우는 것 같아
부아가 치밀다
괜히 다시 서글퍼지다
하찮은 나를 감추려고
최선을 다해 혼자 피식 웃었다

모기한테 귀뺨 맞고 서성대다
죄 없는 어둑함만 노려보다
모깃소리도 새겨듣지 못하는 내 허당을
슬그머니 빈방에 두고 나온 날 있었다

창조의 역군

대구 시티투어 하다
창조캠퍼스에서 내렸다
1960년대 멋쟁이들 폼 나는 옷감 찍어댔다던
누이들의 눈물과 땀으로 다져진 터

새로운 것 처음으로 만들어내는
그런 것이 창조라면
월계관은 그들에게 씌워야 할 몫

창업주 동상이 허공에서 비를 맞는데
버스 기사가 사진 찍어주며 건네는 말
이 발등 만지면 돈이 들어온다는 속설이 있다나

주춤거리다 이 사람 저 사람 줄을 만드는데
어디 그런다고 내가 만지나 봐라
짐짓 다짐하다가
슬쩍 만져보기나 할걸
다시 발걸음 돌리지 못한 걸 후회도 하지만

사카린 원료를 건설 자재로 둔갑시키는 새로운 기술
그런 게 창조라면
그래야 돈 되고 창조의 역군이 된다면

차라리
내 차라리
구두코 대신 우산이라도 받들어주겠네

생각의 차이

마늘 오래 먹어야 사람 된다는 소리를 믿는지
아침마다 아내는 내 밥그릇에 마늘을 얹는다
그때마다 슬쩍 아내의 표정을 살피곤 하는데
사람 되지 못한 나를 영 가엾게 여기는 눈치다

고기 몇 점 굽는데도 유독 마늘을 좋아하는 친구가
있다
예순이 넘었어도
놀부와 저울을 달면 추가 그쪽으로 기운다
이런 사실을 아내는 모른다
그러니 그 소리를 믿고 있다고 나는 생각할 수밖에

사람 되고 싶은 나도
노력을 안 하는 건 아니다
내가 어느 정도는 한다는 걸 아내도 알 것이다

일설에 따르면
백일을 먹어야 한다는데

그것도 어둑한 동굴 속에서

사람 되긴 애초 틀린 줄도 모르고
바닥난 수컷을 살려볼 심산인지
식탁은 오늘도 마늘을 올린다

소신공양

제 몸 살라
모래 몇 알 사리로 남겼다

눈사람

너를 생각한다

길을 가다가도
수저를 들다가도

온통
너를 생각한다

아무렇게나 사는 듯해도
너만 생각한다

넌 아프지 마라
내가 아프다

백지 편지

하얀 내 마음 붙이지 못하는 날 많았다
그 밤은 내내 하얗게 물들었다

내가 내 편

철인3종 경기 가는 길에
드센 폭우가 차를 후려친다
차 하나 흔드는 것쯤이야
저도 철인인 척
으스대고 싶은 것이다

파도에 심술이 잔뜩 살고 있다
굴러야 할 페달이 발목을 붙잡고
바람은 멱살을 비튼다
멱살은 바람의 싸대기라도 갈기고 싶을 것이다

날숨이 쇳소리 되고
허벅지를 제집 삼아 통증이 누워 있다
제가 다리인 줄도 모르는
뻣뻣해진 다리가 앓는 관절을 끌고 주로(走路)로 나
선다
이럴 때 가장 거추장스러운 건 나다

빨랫줄에 걸린 듯
후줄근한 몸이 통증을 후려치고 나서
앞 사람이 버리고 간 길을 거둔다

그래도 완주한 내가 내 편이어서
장한 나에게 술이라도 한잔 건네고픈 날이다

4

부

가장

달이 낚싯바늘처럼 매달릴 때

제 몸뚱어리보다 낮은 집으로 들어가는

어깨가 있다

그나마

요양원에 계신 아버지
코로나가 발길 막은 병실

그나마

유리창 너머로
눈이라도 마주칠 수 있으니

손바닥만 한 화면이지만
아버지를 담을 수 있으니

화면 닫으면
훔칠 눈물 남아 있으니

그나마

고초*

수직으로 꽂히는 태양이
핏빛 가죽 달구고
꼭지까지 바짝 비틀어지다 투명해진 몸을

때깔 좋다고 쉬 말하지만
태풍과 천둥을 모셨다

함께 넘실대던 촛불,
질끈 동여맨 붉은 띠 아니어서
얼얼하게 세상 한번 달구지 못한 채
매운 냄새만 풍긴

뿌리에서 건진 열꽃이
통증으로 번지다
늙어 비로소 때깔

나는

고초(苦椒)

하늘을 찌르는 지주대 등뼈로 삼고도

오르지 못한 채

다만, 붉게 검붉게 물들였다

* 고추의 원래 말.

짜장면의 뿌리

내둘리면서도 몸을 얽고 보듬어
젓가락을 타고 오르다
잇몸으로 우두둑 무너진대도

가장 낮은 곳에서 허리를 접히면서도
끊어지지 않고 당겨주는
매끈한 힘

그을린 몸이지만
허기진 한 끼 채워주며
바닥을 휘감아 일어서는
저 짜장면의 뿌리

내 무능은 감추고
남을 끌어내리려
촉수를 더듬던 날 있었다

젓가락질 끊긴 면발

그만도 못한

나를

반쯤 남은 짜장으로 덮으며

울멍울멍 뻔뻔함을 쏟아낸

남편

아내와 기차로 대구 가는데
앞 좌석 등받이에 꽂힌 괌 홍보 잡지 눈에 닿았다
내가 본 것을 아내도 보았을까

못 볼 것이기라도 한 듯
슬그머니 뒤집었는데
거기에는 또 목포가 있다

여권 없이도 다녀온 괌
기차 속에서 괌도 가고 목포도 찍었으니
이번 여행은 참 이문이라고 우기며 간다

어떤 이들은 지구 반대편에 서서
떨어지지도 않고 사진을 날리는데
기껏 퇴직하고 빈둥거리다
구부정한 선심이라도 쓰듯 하는 내게
아내는 말을 아낀다

거들지 않는다는 건

이미 내 속에 들어가 있다는 것이라

그나마 말을 보태지 않고

고마운 척해주는 아내 곁에서

서늘한 내 가슴이 벌겋게 앓는다

매생이국 앞에서

몇 날 며칠 술타령하다
모처럼 일요일
젖은 낙엽이 되었다

김이 날 법도 하지만
아내는 애써 태연하다

어스름 겨울 다저녁때
냄비 뚜껑이 기분 좋게 들썩이고
속이 쓰린 식탁이 나를 호출했다

김도 파래도 미역도 아닌 실 가닥을
아내가 한 수저 건넸는데
하도 고마워 덥석 물었다가
뱉어내지도 못했다

끓어도 김이 나지 않는다는 매생이국
벗겨진 입천장을 혀로 긁다

진즉 가신 장모님께서 보낸 경고장을

그 혀가 읽었다

잎사귀

온몸 들썩여 날개를 여는
잎사귀

흘러가는 오늘 놓치지 않으려
저를 흔들어 귀 기울인다

할 말 다하고 사는 게 세상이라지만
제 말만 건네고 귀 틀어막는 것들 앞에서
잎사귀는
실핏줄 하나까지 열어
바람이 내미는 말 한마디도 쓸어 담는다

때로는 침묵으로 마중하고
골똘하다 팔랑팔랑 온몸 여는

그런 연초록 귀 하나쯤 가지고 싶다

어쩌면

거시기가 큰 남자는
어릴 적
가난했음이 분명하다

가지고 놀 것이
그것밖에 없었을 테니

우리 집은

나는

먹고살 만했나 보다

낭만 하우스

텔레비전에서 시골에 집 짓고 땅 가꾸는 장면만 나
왔다 하면
저런 곳에서 살고 싶다고 아내는 나를 볶아댄다

게으르고 손재주 없어 엄두가 안 나는
나는 글 짓고 문장 가꾸는 사람이 되겠다고 서둘러
둘러대기 바쁘다

제법 으스대며 큰소리는 치지만
지금도 아내는 내 글재주쯤이야
영 시답잖게 여기는 눈치다

나는 참 착하여서
다소곳이 글을 써야만 하는 이유를
생각하기도 하였다

동면

추위에 귓불이 벌겋습니다 지난주에는 더욱더 그랬습니다 오라는 곳도 갈 곳도 없고 해서 오랜만에 서점에나 나갔습니다 늘 하던 대로 시집들 앞에서 이것저것 뒤적였습니다 이럴 땐 펼친 페이지에서 눈에 드는 구절이 나오면 뽑아 듭니다 오늘도 그랬습니다 계산하려고 만 원 한 장 내밀었더니 주인장께서 천 원을 내어 줍디다 그제야 맨 뒷장을 살폈습니다 냄비 받침도 이보다 더할 텐데 150페이지가 넘는 값치고는 너무 가벼웠습니다 시 쓰는 사람 올겨울 살갗은 얼마나 시릴지 괜한 걱정을 다 합니다

덤

쉿!
코로나 예방 비법 하나 알려줄게
숨바꼭질 잘하는 거야
알잖아, 술래에게 잡히지 않게 꼭꼭 숨는 거
술래는 숨은 사람 찾으면 안 된다는 건 알지?

이웃에게도 들키지 마
들켰어도
그저 눈만 빼꼼히 뜨고 사라져야 해
눈사람 주저앉듯

당최 문밖 자물쇠 걸어 두고
대문 앞에 배달한 물건은
슬며시 집어 오면 돼
스파이 접선하듯

입이란 건 음식 먹을 때만 필요하지
말이 없으니 들을 귀가 무슨 소용

귀는 그저 마스크 걸이용일 뿐

코로나 때문이라고?

말 못 한다고 애먼 것에 둘러대지 마
종이컵 하나 비닐봉지 하나 덜 쓰는 거
그것도 못 하면
영원히 말문 닫을 일이야

이것도 모르고 살았다면
서슴없이 말할 수 있겠네

지금까지는 덤이었다고

어떤 스승들

오후 한복판,
볼일을 다 보고도 시간이 남아서 버스를 기다렸습
니다
정류장엔 초등학생 두 명과 나, 달랑 셋

저만치 버스가 보이자 잽싸게 내 앞에 녀석들이 섰
습니다
참 버릇없는 놈들이라고 생각하면서 뒤따라 올랐습
니다
조그마한 손으로 주머니를 뒤적이다 지폐 한 장 꺼
냈습니다
오천 원짜리 거슬러 줄 잔돈이 없다는 기사의 말에
녀석들이 들어가지도 내리지도 못하는데
고소해하다가
미운 놈 떡 주듯 내가 대신 내주면서 버스가 출발했
습니다

저만치 서서 웃고 까불다가 미안했는지 내 눈치를

살피는데

　세상에는 나 같은 어른도 있다는 걸 배우란 듯 애써 모른 척 나는 창밖을 봤습니다

　내릴 때가 되었는지 버튼을 누르고 슬금슬금 다가와 벌겋게 웃으며 꾸벅 고개를 숙이는 겁니다

　세상에, 그것도 방금 욕했던 나를 타이르기라도 하듯 동시에

　때 전 내가

　때 묻지 않은 가르침을 천 원짜리 두어 장으로 치른 것이 무안해지며

　어쨌든 이만하면 나도 꽤 돼먹은 어른이라고 내가 나를 위로합니다

　뭐 하나 반듯하게 내세울 재주도, 자랑할 것도 없는 나인지라

　그깟 차비 몇 푼 내주었다는 이유만으로도 이렇게 우쭐하며 대견한 날이었습니다

내 속을 모를 바 없는 햇살이 달리는 차창으로 들어
와서 내 귓불도 붉었습니다

처음

딸아이 처음 임용식 날
가슴에 안긴 꽃다발 수줍고
목에 걸린 공무원증 활짝 웃는다

처음
처음
처음을 되뇌면
마음도 풍선처럼 들썩거린다

두근거리는 처음 아린 처음도
다 같은 처음인데
누군가의 시 한 편이
첫사랑처럼
설레는 아침으로 다가온다면

그런 처음은
비바람에도 실뿌리 한 가닥 젖지 않겠다

그런 날 있었지

야! 방학이다
이랬는데
야! 개학이다 소리는
해본 적도 없는

야! 쉬는 시간이다
머리가 천장에 닿았는데
야! 수업 시간이다
라는 말은

숙제에 밀려
모깃소리만도 못하게
목구멍 속으로
말려들어 가고 마는

문제人

　참 손이 많이 가는 아우가 있어. 내 회갑을 어찌 알았는지 집으로 화환을 보낸 거야. 글쎄 그것도 3단짜리로. 문제인 대통령을 잘 아는 아우 김상권이라는 리본이 가랑이를 쩌억 벌리고 매달린 거라. 대통령 이름을 보며 꽃집에서 잘못 썼나 고개를 갸웃거렸어. 전화를 돌렸지. 간판 내린 지 겨우 며칠 지나지도 않은 대통령 이름도 제대로 알지 못하냐고 타박을 했어. 대뜸 용궁에 개업한 지 얼마 되지도 않았는데 문제 많은 사람을, 박사학위 yuji로 온 궁민의힘을 바닥에 뭉갠 여자하고 사는 사람을, 떵떵거리면서 고집불통 마이웨이를 숨길 줄 모르는, 능력이라곤 그것밖에 없는 문제人을 어찌 지가 모르겠냐고 버럭 역정을 내는 게 아니겠어? 전화기를 든 채 잠시 말문이 막혔지. 그나저나 환갑을 맞이하고도 아우만도 못한 내가 무색한 생일날이었어.

꽃이 피네
―호선, 슬아의 결혼을 축하하며

참 오래 기다렸다
나의 안부 묻고 싶은
그런 네가 있는 줄도 모르고

숨어 있는 것만 찾다가
안개 걷히는 순간
어느새 곁에 와 있는 너를 찾았다
참 오래 돌고 돌아왔다

오늘은 슬아의 남편, 호선의 아내라는 간판을 올리
는 날

함께 마중해야 할 태양이 생겼다는 건
얼마나 설레고 대단한 일인가
타오르는 저녁놀을 둘이 배웅할 수 있다는 것은 또
어떻고

네가 모는 자전거 뒤에 앉는다는 건

둘이 한 편이 되었다는 말
너의 노래 끝까지 들어줄 단 한 사람이라는 것

동쪽으로 길 트고 네 호흡 읽는다는 건
너의 날숨이 내 들숨 되고
손바닥 문풍지 만들어 함께 촛불 지키는 것

네 그림자조차 말랑하고 푸근하다는 건
긴 속눈썹 가다듬은 해가
붉게 붉게 일어나
활짝 핀 네 미소를 보여주기 때문이지

간이 맞는 음식은 애초 없었나니
오늘부터 둘은
소금보다 더 진한 사랑을 녹이면서
비로소 꽃 피우는 게지

새로운 생이라는

해

설

존재의 비밀을 드러내는
소실점의 윤리

문신(시인, 문학평론가)

1. 연장되는 감각과 신체

우리의 외부는 어떻게 감각되는가? 시인에게 주어진 사명 가운데 하나는 이 문제에 답하는 일이다. 물론 이를 해명하기 위해 전제되어야 할 게 있다. 과연 세계는 존재하는가? 세계가 존재한다면 우리는 그 사실을 어떻게 인식할 수 있는가? 시인은 이 같은 고차원의 사유를 끈질기게 물고 늘어질 때 새로운 시적 통찰에 도달할 수 있다. 그럴 때 시는 삶을 살아낸 결과로서의 부산물이 아니라 삶 자체, 다시 말해 삶을 삶이게 만드는 역동의 생명이 된다.

송태규 시인의 경우 시적 생명의 역동은 그가 외부를 연장된 신체로 인식하는 데서 시작한다. 이런 식이다. 안

경은 하나의 도구적 사물에 불과하지만, 시각의 결점을 보완해주는 신체성을 확보한다는 점에서 연장된 신체이다. 신발이나 의류 혹은 각종 액세서리도 인간 신체의 결함을 보완하는 또 다른 신체 역할을 한다. 이런 관점에서 보면 신체가 부수적으로 착용하고 있는 사물은 이미 신체 그 자체라는 사실에 동의할 수밖에 없다. 소유하고 있는 사물이 곧 그 사람이라는 인식이 낯설지 않은 것도 그 이유다. 따라서 외부와의 접촉을 통해 형성되는 삶이라는 불가해한 형식도 신체의 감각이 연장된 우리 몸의 일부로 수용될 수 있다.

이렇게 새로운 감각기관으로서의 연장된 신체는 우리를 세계의 비밀로 한걸음 다가가게 해준다. 망원경이나 현미경이 시각의 정밀성을 높여준 것처럼, 몸에 밀착하고 있는 사물을 통해 우리는 그 몸의 외부와 내면으로 동시에 근접해간다. 송태규 시인의 시는 이렇게 세계를 향한 밀착의 외적 감각과 통찰의 내적 언어를 보여준다. 다음 시에서 연장된 신체를 통해 시적 대상에 얼마나 밀착해가는지를 확인할 수 있다.

시골장 새벽으로 가는 버스
손님은 달랑 할머니와
주름진 손이 주름을 한 곳으로 모았을 보따리 두 개

그 안에 할머니의 텃밭이 자라고 있다

거들떠보는 이 없는
시장 모퉁이 잡고
진눈깨비 손가락 휘감을 때
좌판 국수 한가닥으로 허기를 메운다

와글대던 시장이 어스름에 잠기면
울퉁불퉁 고르지 않은 몸뚱이를 이고
갈라진 손금이 수만 번 묶었다 풀었을 보따리가 걸어간다

예순 되면 보따리 꾸릴 준비하라는 말
귓전에 울려
나도
저무는 땅거미 주섬주섬 담는다

　　　　　　　　　　　　　　　—「보따리」전문

　이 시는 송태규 시인의 시적 지향이 무엇을 향해 있는
지를 분명하게 보여준다. 시골장으로 가는 버스에서 만
난 할머니에게는 두 개의 보따리가 있다. 이때 보따리는
"주름진 손"의 연장된 형태로 제시되고, 보따리의 주름과
할머니의 주름을 통해 "할머니의 텃밭"이라는 삶의 지평

을 끌어낸다. 송태규 시인은 이러한 인식에서 한걸음 나아가 "울퉁불퉁 고르지 않은 몸뚱이"와 "수만 번 묶었다 풀었을 보따리"를 겹쳐본다. 그럼으로써 보따리는 단순한 사물에서 벗어나 할머니의 연장된 '몸뚱이'가 될 수 있다. 이렇게 "주름진 손이 주름을 한 곳으로 모았을 보따리"를 바라보는 눈길과 "그 안에 할머니의 텃밭이 자라고 있다"는 통찰은 송태규 시인의 시적 방법론이 되기에 충분하다. 보따리에서 할머니의 삶을 발견해낸 시인의 시선은 할머니의 보따리를 자기 삶으로 연장해낸다. 그런 다음 한 단계 도약한다. 할머니에게서 "예순 되면 보따리 꾸릴 준비하라는 말"을 듣고 "저무는 땅거미 주섬주섬 담는" 행위가 그것이다. 이렇게 보따리를 매개로 할머니의 삶을 발견한 후, 그 보따리를 자기 삶의 연장된 형태로 재발견해내는 시적 전개는 서정시가 발휘할 수 있는 가장 아름다운 세계 이해의 방식이다.

이처럼 송태규 시인은 세계를 연장된 신체로 다루는 데 솜씨를 발휘한다. "슬레이트 지붕에 무서리 앉은 날/ 폐지 담은 수레가 노인을 끌고 간다"(「실눈 뜨는 길에서」), "제대로 한번 걷지도 못한 채/ 신발을 버리고 백지장이 된 맨발"(「아버지의 등」), "희뿌연 먼지도 북새통인 동네 목욕탕, 그 귀퉁이에서 아비보다 커버린 사내가 태아처럼 웅크리고 양말을 신고 있다."(「목이 진」) 같은 시에서 수레, 신발,

양말은 그것들과 밀착해 있는 인간의 삶을 연장해내는 도구로 기능한다. 그러나 송태규 시인의 시적 장점은 연장된 신체성을 사물에 국한하지 않는다는 데 있다.

> 날갯짓하는 새끼 독수리에겐 기회의 장소라지
>
> 세상으로 날아가면
>
> 그걸
>
> 삶이라고 하지
>
> —「절벽」 전문

　이 시에서 절벽이 새로운 삶이 탄생하는 "기회의 장소"라고 하는 것은 특별히 새롭다고 할 수 없다. 그러나 지금까지 조심스럽게 살펴왔던 것처럼 공중을, 말 그대로 아무것도 없는 공중을 연장된 신체(삶)로 보고자 하는 건 조금 다른 의미를 만들어낸다. 절벽이 끝이자 시작이라는 세간의 통념에 충실하다는 건 논외로 하더라도, 새끼 독수리를 절벽으로 내몰고 그 절벽에 이어진 빈자리에 새로운 세상이 있다는 인식은 송태규 시인의 시에서 존중받을 필요가 있다. 그건 감각으로 따지자면 일종의 환각 같은 것이다. 규명할 수 없지만, 믿어야만 하는 감각인 환각 말이다. 게다가 "그걸/ 삶이라고" 바라보는 시적 통찰은 전혀 어색하지 않다. 그러니까 송태규 시인은 환각이

114

라는 다소 이채로운 인식 체계를 자연스럽게 삶의 한 영역으로 끌어들일 뿐만 아니라, 환각의 세계를 실체의 세계와 다르지 않게 받아들이는 것이다. "저 지는 꽃 그림자에 제가 걸쳤던 때깔이라도 입혀줬으면"(「지는 것에 대하여」) 하고 그가 말할 때, 그림자에 포개질 수 없는 때깔 같은 것을 송태규 시인은 환각의 형태로 형상화하고 싶은 것이다. 그럴 때 그의 시에서 발견되는 환각의 감각은 실감이라는 신체의 연장된 감각이 된다.

2. 소실점, 그 부재의 존재

앞서 본 것처럼 송태규 시인은 실감을 초과하는 다양한 감각을 시에 담아낸다. 시 「소실점 너머」는 초과하는 감각에 관한 개론으로 읽히기에 부족함이 없다. 알다시피 소실점은 실체로서의 선들이 연장되면서 모이는 가상의 한 지점이다. 소실점에서 소실은 한자로 '消失'이라고 쓴다. 사라질 소, 잃을 실. 사전적 의미에 충실하자면, 소실점은 사라져야 할 지점 혹은 사라진 지점이다. 이렇게 본다면 소실점은 운명적으로 소멸해가는 존재다. 이런 명명법은 다분히 역설적이다. 소실점이 사라져야 할/사라진 점으로 기능하려면 이미 그 지점이 존재해야만 하기 때문이다. 따라서 소실점은 존재가 부재하는 형식이자, 부재하는 존재 형식이라고 할 수 있다. 이렇게 '있음이 없음' 내지 '없음이 있음'이라는 자기 부정의 논리를 통해 송태규 시인이 노리는 효과는 명료하다. 눈치챘겠지만, 그건 우리의 세계가 존재와 존재가 서로를 향해 연장해가는 비밀 시스템으로 작동한다는 사실을 증명하는 것이다.

저물어가는 들판으로
기차가 한 점을 향한다
마음 앞서
노을도 따라 달린다

자석처럼 길이 들러붙고
허공에 금 긋던 까치도
출렁이는 먼 산도 슬몃 다가온다

두 뼘 한 뼘 다가가
합쳐진 듯하지만
끝내 마주 보아야 하는 점

마음을 얻는다는 건

여린 싹 하나 품에 키우는 일

생채기 보듬고 눈물 찍어본 사람은 안다

때로는 먼발치로 보아야 더 좋은 게 있다는 걸

마음 흘려 부대껴본 사람은 안다

타는 노을에도 남몰래 가슴이 젖는다는 걸

노을이 등 돌리기 전

잡힐 듯하지만

서로에게 끝내 닿지 못할 점

차창 너머로 저물어가는

애초 없었을지도 모를

인연이라는

— 「소실점 너머」 전문

이 시에서 소실점을 향해 연장되는 대상은 기차, 노을, 까치, 먼 산 등이고, 그것들은 소실점을 향해 수렴되고 있다. 그러나 그것들은 하나로 통합되지 않는다. 그것들은 "합쳐진 듯하지만/ 끝내 마주 보아야 하는 점"으로, 각자의 개별적인 자기 정체성을 견고하게 유지한다. 이렇게 존재와 존재는 "잡힐 듯하지만/ 끝끝내 닿지 못할 점"을 향해 모여들지만, 그럼에도 서로에게 도달해서는 안 된다. 소실점은 부재하는 점이자 존재를 부정하는 지점이기 때문이다. 그렇다면 소실점의 존재 이유는 무엇일까? 송태규 시인은 소실점에서 "애초 없었을지도 모를// 인연"을 읽어낸다. 인연은 존재가 다른 존재를 향해 연장되는 비밀스러운 운명 같은 것이다. 그리고 그 운명 속에서 존재는 현재의 자기보다 좀 더 나은 사람이 되려는 의지와 가능성을 발견한다. "서른 개 촛불이 함께 모이면/ 비로소 30촉/ 전구/ 불이 낳은 알"(「불알」)이라고 할 때, 개별적인 촛불이 30촉이 될 수 있는 것은 나은 존재가 되려는 촛불의 의지가 발현되기 때문이다. "수/ 직/ 이 수평을 이끌어// 더불어 살아가라는"(「담쟁이의 가르침」) 통찰도 그러한 의지와 가능성을 통해 실현된다.

　　송태규 시인은 이렇게 지금보다 나은 존재, 다시 말해 인생과 인연의 소실점을 향해 자기 언어를 연장해간다. 그래서 그의 시는 자주 자기 성찰의 포즈를 보여준다. 존재한다는 건 이렇게 매 순간 삶의 맥락에 맞는 몸짓과 사유를 쌓아가는 일이다. 매일 반복되는 표정이 결국에는 존재의 표정이 되는 것처럼, 무심한 몸짓과 화법이 자기 존재의 비밀로 들어가는 입구가 되는 것처럼, 매 순간의 포즈는 존재를 존재하게 하는 삶의 형식이다. 그러므로 모든 시적 포즈는 한 점, 즉 소실점을 향한다. 삶의 종착지처럼 소실점은 어딘가에 존재할 것만 같다. 그러나 누구도 그 지점에는 도달하지 못한다. 우리 모두는 존재 소멸의 순간이 도래할 것이라고 믿지만, 지금까지 누구도 자기 소멸을 경험적으로 증명한 사람은 없다. 그러므로 소실점은 결정적인 파국이 아니라 "어둑한 한 몸도 사르지 못하는 내가/ 아무렇게나 우쭐했던 세상을/ 발치에 내려놓고/ 낮은 데서 피워 올려야 할 꽃"(「촛불」)으로 형상화된다.

꽃을 피운다는 건
몸통에서 탯줄을 뽑아내는 것
꽃잎이 솟는다는 건
몸에 맺힌 슬픔을 떼어내는 비밀인 게다

꽃은 제 몸 비틀어 살을 만들고
그렇게 나온 꽃이
아침을 데리고 온다

발그스레 생명의 빛깔에서
바람이 꽃을 씻는 소리

눈으로만 들을 수 있다

꽃 피고 지듯

꽃잎과 꽃잎 사이로

날이 저물고

해가 뜨기도 한다

꽃은 다만 꽃이어서

제 몸을 꽃으로 피우고

나는 꽃을 피운 적은 없지만

꽃 들여다보고 있으면

그 모습 기특하게 여겨

내 생각에 향기라도 배지 않을까

으쓱

마음을 떠올려보기도 한다

—「꽃이 꽃에게」 전문

꽃이 피는 이유는 존재의 자기 소멸을 증명하기 위해
서다. 꽃은 지기 위해 피어나고, 소멸한 자리에 새로운 존
재를 운명처럼 내놓는다. 그 운명, 우리가 흔히 씨앗이라

고 부르는 꽃의 흔적은 꽃이 끝내 도달하지 못한 소실점이다. 1연에서 말하고 싶은 게 그것이다. 연장된 존재로서 꽃은 "탯줄을 뽑아내는 것"이자 "슬픔을 떼어내는 비밀"이다. 탯줄이 연장된 신체이자 소실점으로 연결된 운명이라는 건 굳이 말할 필요가 없다. 모든 생명은 상징적으로 탯줄을 통해 존재에서 존재로 유전되었다. 2~4연은 꽃에서 연장된 새로운 존재를 이야기한다. 문제는 5연이다. "꽃은 다만 꽃"이라는 것과 "제 몸을 꽃으로 피우"는 일은 점진적인 반복이다. 꽃도 그렇지만, 세상 모든 존재는 자기로 자기를 증명할 수밖에 없다. 꽃은 다른 무엇이 아니라 꽃으로만 존재가 입증된다는 뜻이다. 그렇다면 "꽃을 피운 적 없"는 나는 무엇으로 나를 증명할 수 있을까? "으쓱/ 마음을 떠올려보기도 한다"는데, 그 마음을 떠올리는 '나'는 어떤 사람일까?

3. 화인, 그 붉은 존재의 시

사실 송태규 시인의 시집 『시간을 사는 사람』에서 개인적으로 주목했던 구절은 "단호하지 못하여/ 나를 배반하고/ 씨앗을 싹 틔우는/ 나는 누구여야 하는가"(「욕심의 무게」)이다. 이 시구에시 오래 들여다본 것은 "나를 배반

하"는 행위와 "씨앗을 싹 틔우는" 행위 사이의 논리였다. 나를 배반하는 일은 우선 존재의 자기 부정에 해당한다. 그리고 씨앗에서 싹이 나는 일은 씨앗이 씨앗이기를 포기할 때 가능해진다. 그렇다면 그다음에 나오는 질문은 이렇게 풀어볼 수 있다. 내가 원하는 나는 지금의 내가 아니어야 한다는 것. 그럴 때 송태규 시인이 던지는 "나는 누구여야 하는가"라는 당위의 질문이 소실점을 향한 의지와 가능성을 타진하는 사유라는 걸 알게 된다.

멀쩡한 전화기가

설마,

슬그머니 버튼을 누르다

발신음을 확인하고 후다닥 덮는 날

종일 전화기가 울지 않는다는 건

내가 중심이 아니었다는 것

그것을 아는 데

두어 달이면 족했다

종일 우체부도 찾지 않는다는 건

내가 가장자리에 있다는 것

그것을 아는 데

두어 달이나 걸렸다

무심한 척

식은 밥 욱여넣으며

세상을 기다리다

울컥,

끝내 아무도 다녀가지 않은

—「퇴직」전문

    비참한 기분이 들기는 하지만, 퇴직이라는 과정은 존재를 부정하게 하는 동시에 새로운 존재를 가능하게 한다. 이것이 나는 누구인가,라는 질문이 나는 누구여야 하는가가 될 수밖에 없는 이유다. 그 질문에 답하기 위해 이 시에는 두 개의 각성이 준비되어 있다. "내가 중심이 아니었다는 것"과 "내가 가장자리에 있다는 것"이 그것이다. 얼핏 같은 뜻으로 보이지만, 사실 두 표현은 존재의 발화점 자체가 다르다. 앞의 각성이 자기가 '중심'이라고 믿었던 주체의 각성이라고 한다면, 두 번째 각성은 '가장

자리'라는 새로운 자기 위상을 발견한 주체의 발화다. 이러한 변화에 대해 "무심한 척"해보지만, 그런 포즈가 "식은 밥 욱여넣"는 일에 불과하다는 것을 안다. 송태규 시인의 시는 바로 이 지점, 비유적으로 말하자면, 썰물에서 밀물로 혹은 그 반대로의 물돌이 순간에 잠깐 잠잠해진 힘의 균형에서 발생한다. "친구 마음도 모르는 주제에 무슨 시를 쓰겠냐고" 타박하는 친구의 말에 "제 몸만 생각하는 놈에게 좋은 시가 나올 리 없지"(「시인의 자격」)라고 탄식할 때, 이러한 자각의 순간이 물돌이에 해당한다. "제 몸만" 생각하던 것에서 "친구 마음"을 향해 연장해가려는 의지가 바로 썰물을 밀물의 힘으로 전환해내는 순간이다. 그런 순간에 꽃이 피고, 그런 순간에 꽃이 진다. 그러므로 존재 전환의 기미처럼 북받치는 "울컥"은 새로운 존재를 향한 첫걸음의 신호탄이 될 것이다.

그렇다면 '울컥'은 어떻게 존재하는가? 울컥은 감정인가 아니면 행동인가? 사전적으로 울컥은 격한 감정이 치밀어 오르는 모양을 뜻한다. 감정이 치밀어 오르는 모양이라니. 감정에도 모양이 있는가? 다음 시를 보면 감정 같은 무형이 어떻게 모양을 갖게 되는지 알게 된다.

추위에 귓불이 벌겋습니다 지난주에는 더욱더 그랬습니다 오라는 곳도 갈 곳도 없고 해서 오랜만에 서점에나 나갔습니다 늘 하던 대로 시집들 앞에서 이것저것 뒤적였습니다 이럴 땐 펼친 페이지에서 눈에 드는 구절이 나오면 뽑아 듭니다 오늘도 그랬습니다 계산하려고 만 원 한 장 내밀었더니 주인장께서 천 원을 내어 줍디다 그제야 맨 뒷장을 살폈습니다 냄비 받침도 이보다 더할 텐데 150페이지가 넘는 값치고는 너무 가벼웠습니다 시 쓰는 사람 올겨울 살갗은 얼마나 시릴지 괜한 걱정을 다 합니다

—「동면」 전문

넓리 알려져서 특별할 건 없지만, 시는, 알다시피 일정한 모양의 테두리에 갇힌 폐쇄적인 언어가 아니다. 시는 언어로 표현된 걸 초과하는 방식으로 언제든 시행의 경계를 자유롭게 파괴한다. 종이에 인쇄된 물리적인 언어 표현으로는 시를 규정할 수 없다는 뜻이다. 인쇄된 시는 시인이 의도한 시를 제대로 담아낼 수 없고, 독자에게 읽힌 시 또한 독자의 맥락에서 재창작될 수밖에 없다. 그러니까 활자화된 한 편의 시와 시인이 의도한 시와 독자가 읽어낸 시는 같지 않다는 뜻이다. 따라서 "150페이지가 넘는" 시집은 결코 150페이지짜리 시집으로 한정되어서는 곤란하다. 그럼에도 시집이라는 형식으로 시인의 시는 모양을 만들고, 그 규격화된 모양에서 우리는 또다시 무형의 감정과 정서를 추출한다. 이것이 시가 창작되고

향유되는 방식이다. 마찬가지로 '울컥'이라는 감정은 누군가의 눈물이나 목소리 혹은 어깨 들썩임 같은 모양으로 호소된다. 그렇게 형상적으로 표현되어야만 우리는 울컥의 기분을 알 수 있다. 물론 형상화된 감정은 정확한 치수로 재단될 수 없다. 하지만 적어도 우리는 누군가의 감정이 존재한다는 것, 그리고 그 감정에도 무게가 있다는 것쯤은 짐작할 수 있다. 그렇다. 시는 그런 짐작의 동의를 구하는 방식으로 시인에게서 독자에게로 조금씩 연장해간다.

　여기까지 전개된 이야기를 보면, 우리 몸은 무형의 감정을 연장하는 도구라는 생각에 동의하게 된다. 몸짓이나 표정 하나하나가 보이지 않는 감정이 연장되어 나타나는 형식인 것이다. 송태규 시인의 시는 이렇게 불가시적 세계를 가시적인 세계로 끌어오는 장점이 있다. 그래서 그의 시를 거듭 읽다 보면 모든 시가 "새까맣게 가슴으로 울다/ 화인으로 피어난// 그 붉음"(「붉음, 그 지지 않는」)처럼 보인다. 붉은 화인 같은 그의 시는 독자를 숨막히게 하고 또 숨죽이게 한다. 그의 시에는 누군가의 "벌거벗은 생의 처음을 떠올"(「씨앗」)릴 때의 막막함이 있고, "허물어진 나를 다시 짓는"(「봄의 시간」) 치열한 침묵이 공존하기 때문이다. 어느 쪽이든 쉽지 않은 시의 길이다. 그렇지만 송태규 시인은 "제 몸뚱어리보다 낮은 집으로 들어가